U0503150

春上海
1949

上海音乐学院原创音乐剧乐谱系列

CHUN
SHANG
HAI
1949

编剧/作词：林在勇

作曲：安栋

上海音乐学院出版社
SHANGHAI CONSERVATORY OF MUSIC PRESS

图书在版编目(CIP)数据

春上海 1949 / 林在勇作词;安栋作曲. -- 上海:
上海音乐学院出版社,2023.7
ISBN 978-7-5566-0662-7

Ⅰ.① 春… Ⅱ.① 林… ② 安… Ⅲ.① 音乐剧 – 剧本
– 中国 – 当代 Ⅳ.① 1233

中国国家版本馆 CIP 数据核字(2022)第 197681 号

书　　名　春上海 (1949)
编剧/作词　林在勇
作　　曲　安　栋
责任编辑　李　绚
封面设计　梁业礼
排版设计　武汉谦谦音乐工作室
出版发行　上海音乐学院出版社
地　　址　上海市汾阳路 20 号
印　　刷　上海当纳利印刷有限公司
开　　本　890×1240 1/16
印　　张　20.5
字　　数　乐谱 315 面
版　　次　2023 年 7 月第 1 版　2023 年 7 月第 1 次印刷
书　　号　ISBN 978-7-5566-0662-7/J.1658
定　　价　80.00 元

"上海音乐学院原创音乐剧乐谱系列"

总 序

音乐剧（Musical）作为集歌唱、舞蹈、表演为一体的综合艺术，在一个多世纪以来的发展过程中，以时尚现代的戏剧故事，直抒胸襟的歌唱表达，灵动活泼的节奏律动，绚丽斑斓的舞台效果，成为具有强大生命力和艺术感染力的舞台艺术形式，百余年来一直深受全世界民众的喜爱。

改革开放以来，随着国外经典音乐剧的引入和中国原创音乐剧的蓬勃发展，中国音乐剧事业得到了迅猛发展，音乐剧也成为中国最具文化市场潜力，影响力最广泛的舞台艺术形式之一。上海音乐学院自2002年成立音乐戏剧系以来，立足于经济建设和上海城市文化发展的需要，依托上音在声乐、作曲、管弦乐、音乐学等多领域的优势，着眼于音乐剧市场发展趋势，聚焦国际音乐剧舞台演艺前沿，以理论与实践相结合的教学原则，在学科建设、作品创作和艺术实践等方面取得了丰硕成果。经过二十余年学科专业的深耕，为我国培养了一大批活跃在当今音乐剧舞台上绽放光芒的优秀音乐剧演员，对音乐剧的推广与传播起到了引领作用。

作为中国最早建立的音乐剧教研基地之一，在历任有着作曲专业背景的系主任们的共同努力下，音乐戏剧系陆续创作了众多在国内产生重要影响的原创音乐剧作品，并依托音乐剧剧目排演的课程，形成了一批高质量的音乐剧剧目成果和舞台排演成果，如《海上音》《汤显祖》《爱·文姬》《六祖慧能》《我为歌狂》《楼兰》。特别值得一提的是，由现任系主任安栋教授创作的两部红色原创音乐剧《春上海1949》《忠诚》成为近年来上音原创音乐剧剧目的代表作品。近五年来，我院先后有四部原创音乐剧获批国家艺术基金项目，成为全国同行业中原创音乐剧出品最多、影响力最大的教育单位，广获业内好评。

依据我院"出人才、出作品、出思想、出标准"的办学理念，我院音乐戏剧系策划出版了"上海音乐学院原创音乐剧乐谱系列"丛书。首批出版的剧目包括：《忠诚》《春上海1949》《爱文姬》《汤显祖》《繁花尽落的青春》等。我认为，系列丛书出版的意义与价值，主要有以下三点：

第一，填补了中国原创音乐剧剧目出版的空白。中国原创音乐剧发展到今天，已经拥有了众多剧目作品和舞台演出经验。然而，中国原创音乐剧的出版数量远远落后于蓬勃发展的中国原创音乐剧作品的演出数量。因此，"上海音乐学院原创音乐剧乐谱系列"丛书的出版，填补了这一领域的空白，对引领中国音乐剧的创演发展，固化原创音乐剧剧目成果，具有重要的学术价值。

　　第二，使音乐剧创演资源转化为专业教学和理论研究资源。中国原创音乐剧市场的蓬勃发展，离不开中国音乐剧人才的培养，以及音乐剧理论知识体系的建构。"上海音乐学院原创音乐剧乐谱系列"丛书为我国专业院校的音乐剧教学、音乐剧创作、表演以及理论研究，提供了优质的资源和范本，必将进一步推动我国音乐剧人才培养质量提升，推动音乐剧理论研究水平的提高。

　　第三，为中国原创音乐剧的传播推广奠定了坚实基础。中国音乐剧的发展经历了从引进西方经典到中国原创的过程，并逐步探索出融入中国文化精神和审美旨趣的中国原创音乐剧的创演模式。"上海音乐学院原创音乐剧乐谱系列"丛书必将为中国原创音乐剧的传播交流与推广打下扎实基础，通过音乐剧的形式，进一步推动中华文化走出去，讲述中国故事，传播中国声音。

　　热烈祝贺"上海音乐学院原创音乐剧乐谱系列"丛书出版，也衷心期待在未来的发展中，上音的音乐剧专业秉承上音优良教学传统和学术底蕴，贡献更多叫好又叫座的高水平原创剧目，并在此基础上，形成扎实完善的人才培养体系，培养更多卓越的音乐剧创作、表演及理论人才，为建设社会主义文化强国，铸就中华文化新辉煌贡献力量。

上海音乐学院院长　廖昌永

♫ 作曲家的话

　　原创音乐剧《春上海 1949》是上海音乐学院为庆祝中国人民共和国成立七十周年而倾力创作的重大剧目。全剧围绕"春"这个充满生机的主题，通过朝气蓬勃的青年人视角，描写了一群花样年华的年轻人，为了新中国的伟大事业，奉献自己的青春与才华的感人故事，彰显了年轻学子热爱国家、报效祖国的情怀和决心。"春"的主题，一方面紧扣戏剧发生在春意盎然的春天，更为重要的是，暗喻了充满希望和光明的戏剧立意。为了强化对青年人的戏剧刻画，在音乐的总体设计上，主要采用节奏明快、充满律动的旋律风格，并综合运用了爵士、摇滚、管弦乐、进行曲、说唱、评弹、歌谣、民间小调等多种音乐形式，丰富演剧效果。

　　在音乐戏剧中，音乐是为戏剧服务的。音乐剧中的音乐形式和风格的运用，也是为特定的戏剧人物刻画和剧情展开服务的。本人在《春上海 1949》的创作过程中，也是基于这个基本创作原则，使剧中的人物形象在音乐表达上千姿百态、各不相同，让不同的音乐形式表现不同的剧情与矛盾冲突。在《心动》《春水船》《初心》《黄浦江边》等唱段中，为了展现人物多方面的性格特征，使用了多主题化的创作，有时甚至有三到四个特征性主题来赋予主要人物典型而鲜明的音乐形象，用音乐的方式来帮助人物寻找到在舞台上绽放的支点。同时，在多个段落中调动了多种音乐形式和风格进行穿插切换，表现不同的剧情需要。

　　以《大上海》《春水船》《倒春寒》《春雷》等几首性格鲜明的歌曲为例来稍作说明。

　　《大上海》是一首运用了评弹、爵士、说唱、革命进行曲等多种戏曲或歌曲体裁交融的套曲。这个创作形式的实质目的是为戏剧情境和人物塑造服务，展现了上海解放前不同阶级、不同个体的不同生活境况。当中，以苏州评弹的形式反映了江南的地域特色，学生们的说唱一方面展现了学生们积极向上的精神面貌，另一方面，生动形象地以诙谐幽默的音乐表达，介绍了从上海开埠到上海解放前的历史以及社会状况；爵士音乐则以恰到好处的写意方式，描绘了十里洋场纸醉金迷的场景，这些与之后的"于无声处听惊雷"的代表着工人阶级的革命进行曲，在音乐风格、调式调性上都形成了鲜明对比。

　　《春水船》是集旋律性、人物情感抒发、主题升华为一体的唱段，表现了在春意盎然的上海，革命青年对革命胜利的向往和追求。该曲分为两部分，第一部分是对景色的描绘，采用了 C—d—♭E 的调性布局，和声的创作上对景色的描绘第一乐句虽为C大调，但以副三和弦居多，在大调的色彩中展现出小调的柔美；第三乐句结束在大调的主和弦上，是对"一个真正的春天"到来的坚定信念。第二部分是对未来图景的向往，均采用B大调，以正三和弦强调大调色彩的同时，在人物对美好未来坚定的信念中将这一信念升华为全剧的戏剧主旨。

《倒春寒》唱段则兼有描述时局情境与人物内心的抒发。在旋律上以强拍休止来反映人物对上海局势的紧张不安，同时用抒情的旋律、大调调性、调性模进在层层递进中将音乐剧推向高潮，以反讽的方式增强了人物对美好未来的信念。

《春雷》一曲中，借春雷来象征被压迫着的人民在共产党"雷"声的号召下对反动势力的坚决反抗，与带有国际歌主题的旋律融为一体，象征着无产阶级终将取得革命的胜利。该曲也分为两部分，第一部分虽以 a 小调为主调，但在旋律的创作上以五度音程为特色音程，长音多停留在具有大调属和弦色彩的 d 音、g 音上，将小调色彩弱化，在小调的柔美中展现大调坚定、向前的和声色彩。第二部分转到了C大调上，旋律为国际歌主题旋律的变化发展，用大调、三连音、附点八分音符象征不可阻挡的人民力量终将取得胜利。

《春上海 1949》于 2020 年获批国家艺术基金舞台艺术创作资助项目。期待本书的出版，能为我国原创音乐剧的创作、排演和研究工作提供总谱与剧本参考。同时，也希望原创音乐剧的乐谱出版，能有效转化为教学资源，在中国原创音乐剧的教学和我国高水平音乐剧人才的培养方面，切实发挥积极作用。此外，音乐剧是舞台综合艺术，在音乐和剧本的基础上，还需要通过表演、舞蹈以及各种舞台呈现等要素的紧密合作，才能收获最佳的演出效果。衷心希望该剧能在演绎和传播过程中，不断注入新活力和新创意，展现更为丰富多元的舞台感染力。

音乐剧作为当前最火热的艺术形式之一，深受广大观众喜爱。本书的出版，也是对廖昌永院长提出的"教创演研"一体化的人才培养模式的探索。同时，也用实际行动传承上海音乐学院近百年的发展过程中始终坚持的办学使命：一方输入世界音乐，一方从事整理国乐，期趋向于大同，而培植国民美与和的神志及其艺术。希望通过上音人的奋斗，践行上音先贤们的办学理念，为我们国家，为我们的城市文化建设不断作出新贡献。

♫ 编剧的话

　　这是一部集音乐、戏剧、舞蹈、舞美、多媒体艺术为一体的六幕音乐剧，题为《春上海1949》。全剧六幕："春节""春游""春寒""春雷""春澜""春光"。

　　明言"春上海"，借指"新中国"。故事以1949年中国命运转折点为背景，由上海解放前地下斗争真人真事为原型。在黎明前至暗时刻，上海著名教会中学一群十七岁的高中生怀揣着爱国的初心、强国的憧憬，不畏白色恐怖，超越一己局限，抛却彷徨犹疑，战胜恐惧猜疑，不断作出正确抉择，迎向光明的新中国，以令人惊叹的英雄之举书写了一代青年青春之歌的生动乐章。本剧从青年的视角，揭示了为人民谋幸福、为民族谋复兴的正义事业一定会赢得一代又一代青年的真理。

　　本剧主要场景为上海虹口多伦路几幢住宅楼的客厅、露台、地下室，苏州河畔及上海街景。

　　故事主线为女主人公——中共上海地下党组织某教会中学支部书记陈新新，不断争取团结进步同学，开展迎接上海解放的秘密斗争，建立了学生运动中有声有色的英雄战斗堡垒。男主角——单纯正派、热爱绘画的国民党少将参议之子郑扬帆，从不懂政治到参加革命，不顾女友柏玲误会，以画模特为名掩护陈新新，并秘密绘制人民领袖毛泽东的巨幅油画，在上海解放的最后时刻抬上街头，寓意太阳升起、新中国的诞生，将全剧推向戏剧与音乐的高潮。男主角之一——励志航空报国的进步青年林安邦，在陈新新的领导下手抄解放区广播，于闹市区勇撒传单，不幸在楼顶鸽棚躲避军警时被抓捕，为掩护郑扬帆的秘密工作而不惜牺牲，表现了革命有志青年的英雄气概。

　　故事的副线是资本家柏玲父亲在金圆券风潮中的痛苦挣扎，逃离上海的安排；郑父对郑扬帆的管束，下令撤逃台湾的逼迫；教会高中美籍女校长谢麦伦对中国命运道路的曲解偏见；谢的养子——有"特务学生"之嫌的戴维对地下工作的窥探干扰，以及剧情的反转；眷恋郑扬帆的女友柏玲误会陈、郑来往所造成的困扰；林对陈的心仪与误解；郑的美术老师——真率的曾先生数次出场所带来的尴尬与危机，等等，这些情节共同交织出连贯的戏剧冲突，推动副线情节的发展以及与主线的交汇与合理化。人物设计还原历史真实，各有背景、各具个性，在戏剧冲突中转换变化，既有递进逻辑性，又在剧情中不可简单预测。人物塑造避免脸谱化，个性鲜明，并不断使形象更趋丰满。

　　剧中人物的设计不仅是剧情的需要，也充分考虑到音乐剧的声部安排，例如女二号柏玲运用花腔女高音的唱法，外籍女校长是浑厚的女中音，几位男角则按男高、男中、男低配置。

编剧充分考虑到情节、道具与人物的关系。如"春节"中柏父将金条藏于琴盒；"春游"中，陈新新秘传传单的提琴盒制造误会和线索；琴盒也暗示了女一号的音乐特长，并在剧中更加合理地展示了其女高音角色的声乐特点。郑扬帆热衷于描绘一幅幅未来中国建设的画页，成为他最终在党领导下秘密绘制人民领袖画像的思想基础与逻辑线。此外，人物、情节、道具、场景还构成了环环相扣的戏剧关联。郑父通过女校长逼劝郑扬帆飞往台湾，郑则假意以陈新新为女友，为陈索要不可得的机票来反将一军，这又强化了几位身边人对郑、陈关系的误会。再如，"春游"中郑从高处跳下摔伤腿，形成几方探视、相处、联络、窥探的契机。林安邦同样高处跳下却安然落地，也为此后他在危急时刻从露台鸽棚跳下吸引军警，以此掩护地下室油画安全的举动埋下伏笔。剧情虚构了林安邦的牺牲情节，并在最后一幕林安然归来时解释了故事发展的合理性，使得剧情紧张跌宕，但又自然合情。

　　全剧既有反动派的疯狂和凶残，也有追求光明的勇气和智慧；既有大时代的小细节，也有小人物做大事的气概；既有时局纷杂中的困扰，也有向往光明憧憬未来的坚定；既有儿女情长的误解与困惑，也有蒙眬爱情的率真与赤诚；既有最危险的地方即最安全的辩证，也有喋血街头真实的牺牲与悲壮。

　　全剧六幕从春节的鞭炮声中开始，结束在解放上海的枪声平息后宁静朝阳之中解放军睡倒在马路上的光影，情节环环相扣，既不可预测，又有以真实历史为依据的完满合理。

　　全剧致力于探索中国音乐剧的音乐风格，体现在旋律、调式、配器、唱法、结构等方面，尤其注重唱词推动情节与抒情达意的辩证关系；舞美场景、舞台调度、多媒体设计追求写实与意象的灵动结合，例如对时空的处理、画面与格调的营造、沪语童谣的植入等等，意图体现本剧对中国气派、戏剧样式、当代审美的探索追求，体现红色基调、江南风情、海派特色的有机结合。

　　尾声谢幕之时，多媒体叠映七十年前的年轻人所向往和绘就的新中国、新上海的各项建设展望、设计蓝图与我们新时代伟大成就的壮美景象，尾声用穿越时空的感人歌声歌颂不朽的青春，畅想更美好的未来。江山如画，信史如虹，初心辉映着辉煌，十七青春历经七十年，见证新中国翻天覆地的变化和民族伟大复兴的光明前程。

　　此剧为庆祝中国共产党成立一百周年、庆祝中华人民共和国成立七十周年而作。编剧也怀着崇敬之情以此剧献给父辈、他们的战友，以及所有为新中国的梦想奋斗过的人们。

林在勇

2019 年 1 月 6 日

人物表

陈新新：女，高中学生，中共上海地下党某教会中学支部书记。信念坚定，端庄沉稳，作为学生运动堡垒的中坚力量，不断争取团结进步同学，开展迎接上海解放的秘密斗争。女高音。

郑扬帆：男。高中学生，国民党少将参议独子。性格孤傲，正直爱国，憧憬新中国，从不懂政治转变为倾向革命。擅长绘画，秘密绘制人民领袖的巨幅油画。男高音。

林安邦：男，高中学生，郑扬帆好友，励志航空报国的进步青年。为人赤诚，有英雄气概，作为学生运动骨干，为迎接上海解放勇于斗争，不怕牺牲，因共同的革命理想对陈新新产生纯真情愫。男次高音。

柏　玲：女，高中学生，资本家之女，与郑扬帆比邻，自认青梅竹马女友。个性率直，敢爱敢为，倾向革命。花腔女高音。

戴　维：男，谢麦伦养子，高中学生，对柏玲有爱慕之意，为人机敏，有"特务学生"嫌疑，该人物对剧情推动和反转有特殊作用。男中音。

谢麦伦：女，美国人，教会高中校长，戴维养母。与郑家交好，关系密切。曲解中国命运的大变革。女中音。

曾先生：男，中年知识分子。郑扬帆的美术老师，原型是新中国国旗设计者、家住上海虹口的曾联松。个性率直，直抒胸臆，剧中常因他的出场引发尴尬与危机。男中音。

柏　父：柏玲之父，资本家，在金圆券风潮中痛苦挣扎，意欲携资移居海外。男低音。

郑　父：郑扬帆之父，国民党少将参议。对时局心灰意冷，迫令儿子飞往台湾。男低音。

其他人物：保姆、男女学生、市民群众、反动军警、解放军战士等。

乐队编制

1　长笛

1　次中音萨克斯管（兼中音萨克斯管）

3　B♭ 小号

3　长号

1　定音鼓

1　打击乐（吊镲/音树/铃鼓/大堂鼓）

1　架子鼓

1　电吉他（兼木吉他）

1　电贝司

1　钢琴

2　键盘（合成器/电子管风琴）

6　第一小提琴

4　第二小提琴

3　大提琴

1　低音提琴

目 录

春上海 1949

S01 序曲——春之歌

编剧/作词：林在勇
作曲：安　栋

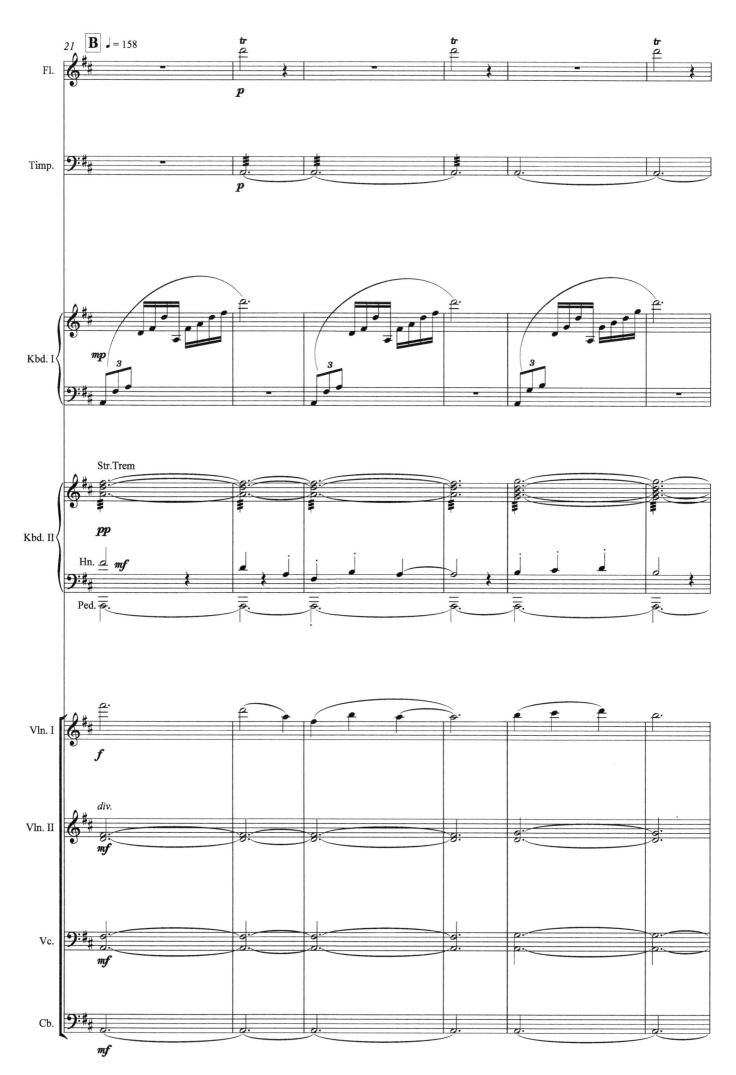

爆 竹 声 中 旧 除 岁， 唤 醒 了 新 的 希 望。

爆 竹 声 中 旧 除 岁， 唤 醒 了 新 的 希 望。

怕什么长夜沉沉,　朝阳已经在路上。

怕什么长夜沉沉,　朝阳已经在路上。

S02 这 年 头

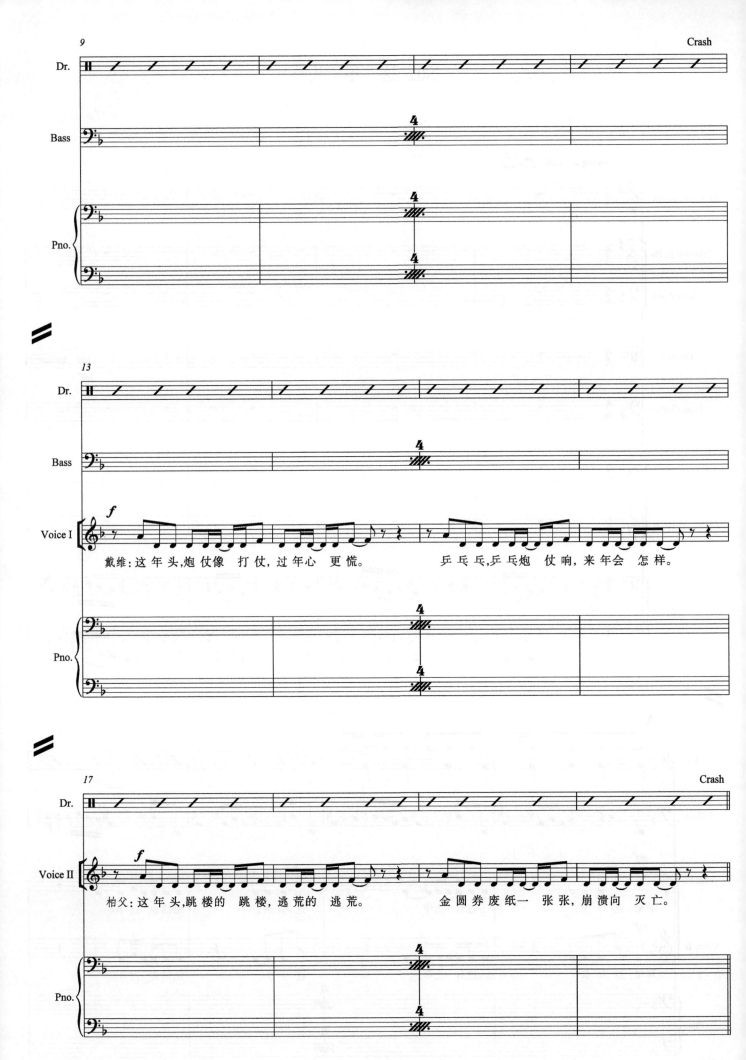

戴维：这年头,炮仗像 打仗,过年心 更慌。 乒乓乓,乒乓炮 仗响,来年会 怎样。

柏父：这年头,跳楼的 跳楼,逃荒的 逃荒。 金圆券废纸一 张张,崩溃向 灭亡。

郑扬帆：我知道身在何处，　　　　　世界将展开美好蓝图；　　　　陈新新、林安邦：一切苦难终将翻篇，
辞旧迎新转身处，　　　　　　　　　　　　　　　　　　　　　　　　　　　　　　一张白纸是新年，

你能画出上海的明天；　　　　谢麦伦：哈德逊河不是苏州河湾，　　　群：迷茫多愁，这路要怎么走？
曼哈顿搬不到上海滩；　　　　　　　　怎么走，许多愁，这年头。

群唱:日暮途穷,穷途末路, 日暮途穷,穷途末路,郑将军:共党要来坐天下,中国

没有前途。 中国没有前途,年轻人没有出路。

谢麦伦：我要重返美利坚，和我一起寻找归宿；

谢麦伦：我要重返美利坚，和我一起寻找归宿。
戴维：我要重返美利坚，和你一起寻找归宿。

(Rap)

群唱：这 年 头，　　还过什 么年，　　这 年头，　　死活也 过年。

群唱：这 年 头，　　还过什 么年，　　这 年头，　　死活也 过年。

这年头，一切都是 未 知数，寻找出 路。 这年头，一切但愿 都会

这年头，一切都是 未 知数，寻找出 路。 这年头，一切但愿 都会

变 好，怎么会 好？ 这年头， 这年头，

变 好，怎么会 好？ 这年头， 这年头，

BGM01 实 现

（钢琴配乐）

S03 心　　动

柏玲：他 专 注 的 神 情， 多 么 令 我 心 动。 他 的 一 笔 一 画 都 触 碰 到 我 心

中。　　　　　　都 是 怎 样 一 种　　画 面 在 他 心 中?　不 管 画 出 这 世 界　多 少

不　同，　　　　　　　我　就　想　要　　你　只　画　　　　　我　的　　颜　容。

什么样的我在你心中， 过花丛一枝掠 过

風。　　　是　否　蓦然间　一瞥惊飞鸿，　我真的还不

懂。　　　只　有　　爱情让我心动，　幸福会心痛，无法抗拒你,只能

心 相 从。 啊， 爱 情 让 我 心 动， 梦里已相拥，忘记世 界， 只想

有 你。 爱 情 让 我 心 动， 幸 福 会 心 痛， 无 法 抗 拒 你， 只 能

心 相 从。 啊, 爱情 让 我 心动, 梦里已相拥, 忘记世界, 只想

BGM02 黎　明

（钢琴配乐）

S04 时　　局

郑将军：时局如此不堪，　　扬帆小儿还在做　梦　桃　花　源，

军令不容流连，　　　明天就要离开上海滩，　　　　　　拜 托

谢 麦 伦 校 长 把 犬 子 照 看。

谢麦伦：这 几 位 优 秀 青 年，　　个 中 才 俊　　　　最

是 郑 扬 帆。 将 门 虎 子 学 业 超 凡， 能

写 善 画非比一般。

戴维：敬 一 声

年 伯郑 将军， 如 今 校园里学潮汹涌， 一 定 有 异党分子 暗中鼓

愚侄我也会多多关照 扬帆

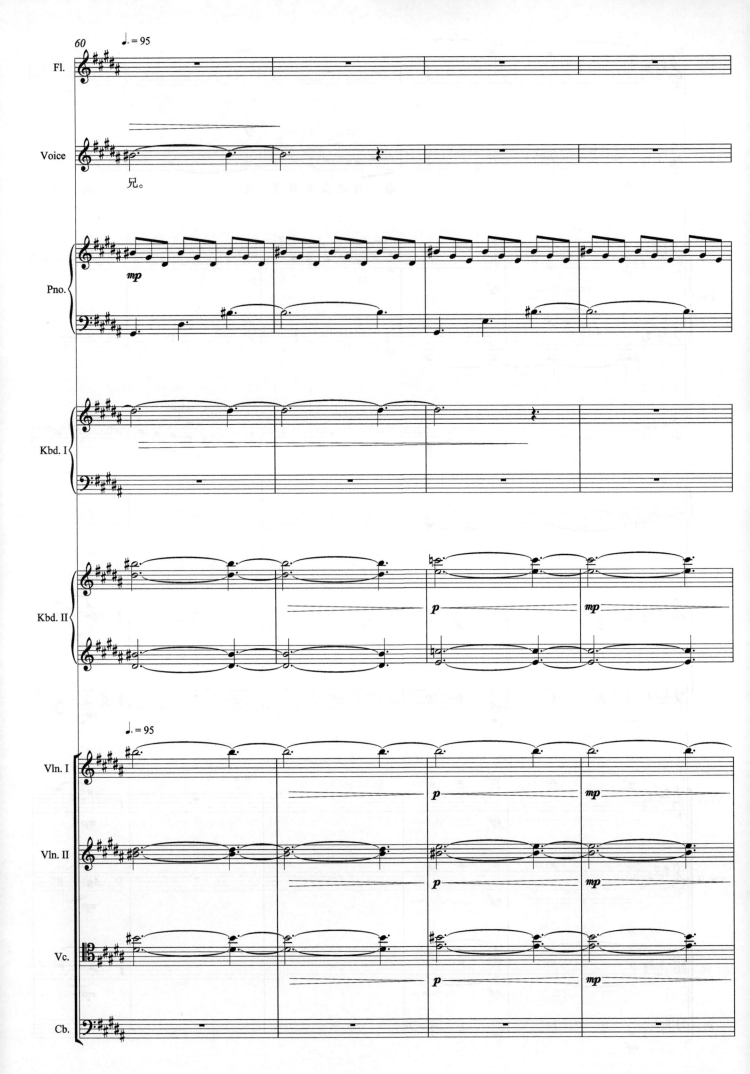

兄。

BGM03 黄浦江畔

（钢琴配乐）

S05 黄浦江畔

郑扬帆:我生在黄浦江畔，　妈妈告诉我　那一天

炮声隆隆　红旗卷，　一·二八　奋起抗战。

五岁的我 就 失去了妈妈， 八·一 三， 鬼子的炸

东 望 绿 野 荒 草 的 对 岸 边，

回 看 列 强 威 风 的 外 滩。

江 上 一 艘 艘　　　他 们 的 炮 舰，

我 爱 的 船 帆 何 时 出 海 扬

帆。

消失 在 我 眼 前。 我 只

盼望着 那一天， 一切都会 改变。 憧憬

合唱：我只盼望着那一 天， 一切都会改变。

的　　画面，　会千百倍实　现。我只　盼望着　那一

会千百倍实　现。，

合唱：我只　盼望着　那一

的 上 海， 千 百 倍 地

千 百 倍 地

千 百 倍 地

BGM04 风暴来临前的平静

（钢琴配乐）

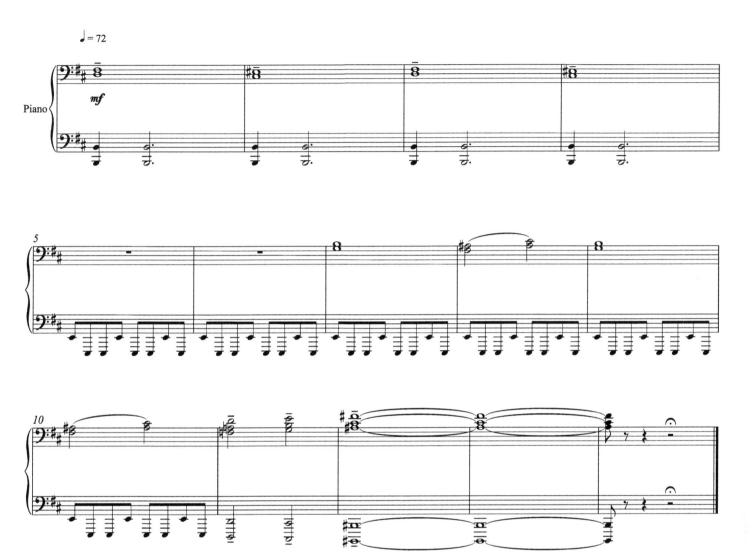

S06 大 上 海

群唱(女)：匆 匆 脚 步 熙 熙 攘　　攘，

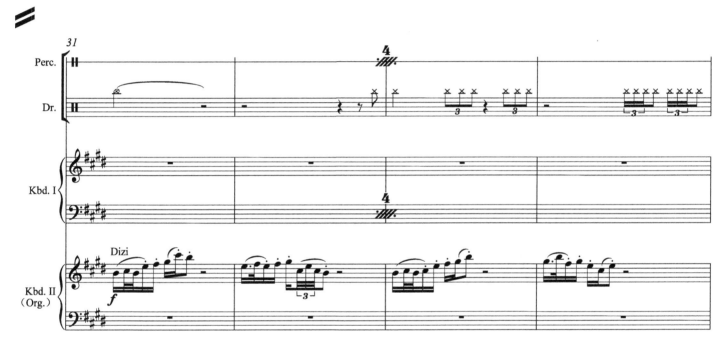

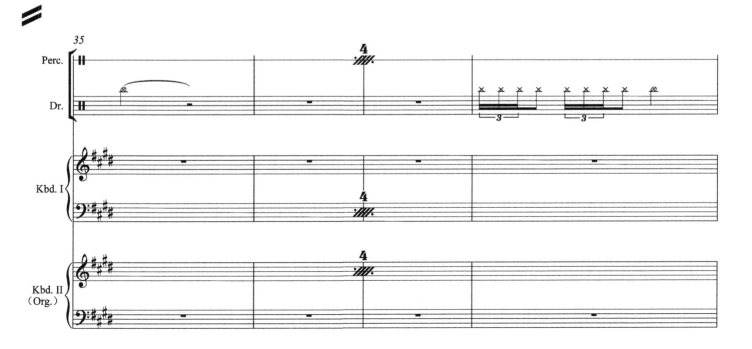

群合：匆匆 脚步 熙熙 攘 攘， 车水 马龙 来来 往 往。

路　上　的　行　人，　　　没　时　间　彷　徨，　　　奔向　新的　希　　望。

路　上　的　行　人，　　　没　时　间　彷　徨，　　　奔　向　新　的　希　望。

戴维：这 里 的 夜空 霓虹 光， 这里的白天 都 匆 忙。

谢：这 里 的 生活 是 多么的时 尚，

场?　　　　　　　　　　　　　　　　　群唱：今 天 又 是　　物 价 飞 涨，

冒 险 天 堂？　　　　青 天 白 日　　　　好 凄 凉，

群唱(男)：这里的 市民 有 思想，这里的

工 人 有 力 量。 于 无 声 处 听 惊 雷， 迎 来

东 方 的 曙 光。 群合:这里的 市 民 有 思 想, 这里的

工 人 有 力 量。 于 无 声 处 听 惊 雷, 迎 来

合唱：匆匆 脚步 熙熙 攘 攘，

车 水 马 龙 来 来 往 往。 路 上 的 行 人，

没　时　间彷徨，　　　　奔向新的希

S07 春 水 船

陈新新:娉 婷 的 芦 苇,

一 等， 她 就 会 来， 一 个 真 正 的 春 天。

林安邦:高 低 的 屋 檐， 斑 驳 的 春 岸， 半 掩 的 晴 窗， 乍 现 的 春 光。

春

一 个 春 意 盎 然　　　的 春

一 个 春 意 盎 然　　　的 春

山 绿 水 全 都 画 满 了 你，　　　春 梦 乡 愁 是 因 为 有

山 绿 水 全 都 画 满 了 你，　　　春 梦 乡 愁 是 因 为 有

S08 心中的痛

陈新新：泪水　　冲不尽

心 中　　的 痛，　　无 尽 的 悲 伤 潮 水 般　　奔 涌。　　在 耳 边，

在眼前，　　　往日的　　音　容　啊！

泪水　冲不尽　心中　的痛，　　无尽的悲伤　潮水般　奔涌。　在耳边，

在 眼 前， 还记得 往 日 一 起 走 过。 那 些 欢 乐 的 时

光　　　已 经 隔 着 生　死，　　　一　 重 又 一 重。那　　 些 深 深 的 遗

憾　　　已经扎在胸中，　　　留下痛。

那 些欢乐的时光 已 经隔着生 死， 一

重 又 一 重。 那 些 深 深 的 遗 憾， 已 经 扎 在

胸　中，　　　　　　　　　　　　　留下　痛。　　　　多么希

望，　　　只是　一场　噩　　梦。

S09 在你身边

心跳 我能想见。 你知道 我多么羞怯，不敢望着 你的脸。 你知道 我多么羞怯，

glocken+bell

不敢对视你的眼。你的一切 一切，我都想看了又看。不管

世界 如何改变， 只 留下 永恒的时 间。 你的一切 一切， 我都看见，不用眼。 只愿

世界　永远不改变，　　　　　　　　就让它 静静　将我们围绕 在

郑扬帆：就让它 静静　将我们围绕 在

中 间。　　不管 世界 将会 如 何 改 变，　　让它 远远地 走 开，只留下

中 间。　　让它 远远地 走 开，

你 我 永 恒 的

合：时

间。

S10 倒 春 寒

谢麦伦：多么令我紧 张，

多 么 令 我 不 安。　究 竟 发 生 了 什 么，　这 个 世 界　急 剧

变。　　戴维：多 么 令 我 紧 张，　　多 么 令 我 不 安。

这个天气多变幻，　多少故事　倒春寒。

郑扬帆：不　怕什么倒春寒，　真正春天　不会　远，　春风已经在

路　上，　　　准备好了每一　天。　多　　么令我兴　奋，　多么令我

柏玲：多么令我紧 张， 什么让我不 安。

郑扬帆:世界正在从头 换， 梦想呈现到春 天。曾先生:几千年 来夜如 磐, 一百年 来多苦难,

合：春风报信出新天， 千年百 年一齐 翻。 还有多少艰 难， 还有多少不 安？

我　们准备好了心 欢,因　为相信春天。　我　们准备好了向 前,因

为相信春天。我 们准备好了心欢,因为相信春天。 我 们准备好了向前,因

为 相 信 春 天。　　　还 有 多 少 艰 难，　　还 有 多 少 不 安?　　还 有 多 少 故 事 的 倒 春 寒?

还有多少故事的倒春寒?

S11 春　雷

凄 凉。 春 雷 一 声,

力　量，　　　　　　　欺压中华的列　强，　　让 他们颤抖和 惊

一 声， 天 地 回 响。 要 摧 毁 一 切

污 泥 堤 防。 滚 滚 长 江， 滔 滔 巨 浪， 要 把

独：百万 雄师 过大江， 人民 军队 势不可挡。 欺压

涤 荡，

中 华 的 列 强， 要 让 他 们 颤 抖 惊 慌。 天 就 要 亮， 这 是 人 民

的　　　　　　解　　　　　合唱:放。

S12 呋 呋 呋

合唱：呋 呋 呋， 耳语耳语， 叽叽 叽， 声 低声 低，

传来什么新消 息？ 呵呵呵，什么什么 吼吼吼，真 的真 的

我可什么也没 说。

嘿 嘿 嘿，校 园 里 面

藏 是 非，　　　　　　喜欢欢喜 谁 和 谁。　　　　　　去 去 去，无聊八卦

男 和 女，　　　　　　何不看看 大 时 局。

谢麦伦:读书 读书, 学习 学习,

高中最后一学 期。 读书 读书, 学习 学 习, 大学考试倒时

那 是 什 么 样 的 新 生 活， 新 的 时 代 需 要 我，

那 个 时 刻 就 要 来 了，

心 情 飞 澎 湃 当 歌， 大 好 光 阴 莫 蹉 跎。

BGM05 春 夜

（钢琴配乐）

S13 春 夜

一阵风吹来 夜的清凉, 春夜有许多暖意 在荡

doo doo doo doo woo

夜 的 清 凉,

你是否梦想飞翔。　春夜的梦想，　朝阳里

你是否梦想飞翔。　doo　doo　doo　doo

S14 新的生命

郑扬帆：新 的 生 命 这 样 突 然

改变了人生，　　仿佛历经寒冬忽如一夜吹春风。　　我　　不再迷茫

陈新新：纯真的情正义的心，

郑扬帆：不会再懵懂，　我知道这一切　不是虚空。

(陈)：我们还年轻， 发现世界真相因为 睁大了眼睛。 爱的是国家，

封 建 的 压 迫， 资 本 的 欺 凌，

帝 国 主 义　　蚕 食 鲸 吞。　　黑 压 压 的 三 座 巨

(陈)最 后 的 斗 争， 阻 挡 不 了 前 进 春 风，

彻 底 掀 翻 黑 暗 的 山 峰。

群唱(女)：康　　庄　　光

(陈)：独　立　自　由　的　康　庄　光

(郑)：独　立　自　由　的　康　庄　光

L.K.

(陈)一切都会 改变。　　憧憬的 画面　会 千 百 倍

(郑)都 会 改变。　　憧憬的 画面　会 千 百 倍

改 变。 画 的 每 一 幅 崭 新 的 上 海 千 百

改 变。 画 的 每 一 幅 崭 新 的 上 海 千 百

群唱(女)：歌

(陈)热 爱 吧，全 新 的 生 命！ 用 画 笔 描 绘 心 中 的 歌

生。

S15 初　心

戴维:什么 是 我 的 初 心, 耶和华 不 能 阻

(戴)止 我 继 续 追 寻。

如 果 有 一 分 可　　能，　　我 都 会 向 你 说

情。

不管有多么真相不明，我永

林安邦:不管有多么真相不明，我永

陈、柏：只　盼　春　风　吹　散　迷雾浮　云，　　那时候　你　　　　一

陈、柏：定　　看　　　见　我　不　改　的　初　心。

郑、林、戴：只　　盼　春　风　吹

郑、林、戴:散　　　　迷雾浮云，　　　那时候你　一定　　　　会看见我那颗

S16 吃　　惊

合：什么是出于意外， 什么是情理之中。 世界正在大翻转， 还有什么

会 发 生。

謝:世界让我们　　　睁大了眼睛。　　　　柏父:世界让我们　　　睁大了眼睛。

謝:睁大了眼睛，　　　世界还是　分　不　　清。

柏父:奇怪　奇怪，

奇 怪 吃 惊！

吃惊吃惊， 世界还 是 看不分 明，都是 因 为 你太年 轻，奇怪 吃 惊！

S17 白 玉 兰

BGM06 黎明之前

（钢琴配乐）

S18 黎　明

合唱：枪　声　响　个　不

还 在 顽 抗， 黑暗 阻挡 光

黑　夜　还　没　有　过　尽，

反动派还在顽抗，黑暗

阻 挡　　　光　　　　明。

让 它 完 整 还 给 人　　民，　　付 出 多 少 隐 忍 牺 牲。

奋　勇　前　进，　奋　勇　前　行，

太 阳 就 要 东 升， 枪 声

S19 春 水 船

（Reprise）

陈新新：娉 婷 的 芦 苇，　　清 泠 的 春 水，

一 等， 她 就 会 来， 一 个 真 正 的 春

天。

陈新新、柏玲:青 山绿水全都画 满了你, 春

林、戴、郑:画 满了你,

梦 乡 愁 是 因 为　有 了 你。　　　等 美 好 的 春 天　到

有 了 你。等 美 好 的 春 天　到

来，　　　　我是春岸，　　你是春船。　　　　青山绿水全都画满

来，　　　　　　　我是春岸，你是春船。　　　　青山绿水全都画满

了你，　　　春梦乡愁是因为　　有　了你。　　　　等

了你，　　　春梦乡愁是因为　　有　了你。

美好的春天　　　　到来，　　我是春光，　　　你是晴窗。

等美好的春天到来，我是春光，　　　你是晴窗。

S20 终曲——初心辉映

奋斗牺牲， 火一样青春的豪情。

朽 的 青 春，歌 唱 伟 大 的 斗 争。

江山　　如画，　信史如虹，　曾经的初　心与今天的

伟大民族复兴，　歌唱时代　新的征程。

音乐剧《春上海 1949》歌词

《春之歌》

群唱：

寒冬已经到尽头

春风已经在路上

爆竹声中旧岁除

唤醒了新的希望

怕什么长夜沉沉

朝阳已经在路上

新的希望在敲门

敞开胸怀迎接曙光

《这年头》

群唱：

这年头 还过什么年

这年头 死活也过年

戴维：

这年头 炮仗像打仗

过年心更慌

乒乒乓 乒乓炮仗响

来年会怎样

柏父：

这年头跳楼的跳楼

逃荒的逃荒

金圆券废纸一张张

崩溃向灭亡

群唱：

这年头 还过什么年

这年头 死活也过年

今年不知何年

明年又往何处

郑将军：

日暮途穷穷途末路

日暮途穷穷途末路

共党要来坐天下

中国没有前途

中国没有前途

年轻人没有出路

群唱：

这年头 还过什么年

这年头 死活也过年

这年头一切都是未知数

寻找出路

这年头一切但愿都会变好

《心动》

柏玲：

他专注的神情 多么令我心动

他的一笔一画

都触碰到我心中

都是怎样一种画面在他心中

不管画出这世界多少不同

我就想要只画我的颜容

什么样的我在你心中

过花丛一枝掠过风

是否蓦然间一瞥惊飞鸿

我真的还不懂

只有爱情让我心动

幸福会心痛

无法抗拒你只能心相从

啊 爱情让我心动

梦里已相拥

忘记世界 只想有你

爱情让我心动

幸福会心痛

无法抗拒你只能心相从

啊 爱情让我心动

梦里已相拥

忘记世界 只想有你

只会为你心动

《时局》

郑将军：

时局如此不堪

扬帆小儿还在做梦桃花源

军令不容流连

明天就要离开上海滩

拜托谢麦伦校长

把犬子照看

谢麦伦：

这几位优秀青年

个中才俊最是郑扬帆

将门虎子学业超凡

能写善画非比一般

戴维：

敬一声年伯郑将军

如今校园里学潮汹涌

一定有异党分子暗中鼓动

愚侄我也会多多关照

扬帆兄

《黄浦江畔》

郑扬帆：

我生在黄浦江畔

妈妈告诉我那一天

炮声隆隆红旗卷

一·二八奋起抗战

五岁的我就失去了妈妈

八一三 鬼子的炸弹

如今我站在黄浦江边

东望绿野荒草的对岸边
回看列强威风的外滩
江上一艘艘他们的炮舰
我爱的船帆何时出海扬帆
党派的主张与我无关
我只要外国军舰的黑烟
消失在我眼前
我只盼望着那一天
一切都会改变
憧憬的画面会千百倍实现
我只盼望着那一天
富强的中国把一切改变
画的每一幅崭新的上海
千百倍地实现

《大上海》
合唱：
匆匆脚步熙熙攘攘
车水马龙来来往往
路上的行人
没时间彷徨
奔向新的希望

匆匆脚步熙熙攘攘
车水马龙来来往往
路上的行人
没时间彷徨
奔向新的希望
这里的夜空霓虹光
这里的白天都匆忙
这里的生活
是多么地时尚
这里的世界也荒唐
华人与狗都一样
这是谁的十里洋场
合唱：
今天又是物价飞涨
废纸钞票一箩筐

街上的难民都在逃荒
这是谁的冒险天堂
青天白日好凄凉
是人民创造了辉煌

这里的市民有思想
这里的工人有力量
于无声处听惊雷
迎来东方的曙光

《春水船》
陈新新：
娉婷的芦苇 清泠的春水
如烟的晨雾 静静的春树
一对对雀鸟
一片片春草
含苞的枝芽
待放的春花
等一等她就会来
一个真正的春天
林安邦：
高低的屋檐 斑驳的春岸
半掩的晴窗
乍现的春光
一座座连楼
一丝丝春愁

陈新新、林安邦：
袅袅的炊烟 小小的春船
等一等她就会来
一个春意盎然的春天

青山绿水全都画满了你
春梦乡愁是因为有了你
等美好的春天到来
我是春岸
你是春船

青山绿水全都画满了你
春梦乡愁是因为有了你
等美好的春天到来
我是春光
你是晴窗

《心中的痛》
陈新新：
泪水冲不尽
心中的痛
无尽的悲伤
潮水般奔涌
在耳边 在眼前
往日的音容啊

泪水冲不尽
心中的痛
无尽的悲伤
潮水般奔涌
在耳边 在眼前
还记得往日一起走过
那些欢乐的时光
已经隔着生死
一重又一重
那些深深的遗憾
已经扎在胸中
留下痛
多么希望
只是一场噩梦

《在你身边》
柏玲：
静静地在你身边
你的呼吸我能听见
静静地在你身边
你的心跳我能想见
你知道我多么羞怯
不敢望着你的脸

你知道我多么羞怯
不敢对视你的眼
你的一切一切
我都想看了又看
不管世界如何改变
只留下永恒的时间

你的一切一切
我都看见 不用眼
只愿世界永远不改变
就让它静静将我们围绕在中间
不管世界将会如何改变
让它远远地走开
只留下你我永恒的时间

《倒春寒》

谢麦伦：

多么令我紧张
多么令我不安
究竟发生了什么
这个世界急剧变

戴维：

多么令我紧张
多么令我不安
这个天气多变幻
多少故事倒春寒

郑扬帆：

不怕什么倒春寒
真正春天不会远
春风已经在路上
准备好了每一天
多么令我兴奋
多么令我心欢
世界正在从头换
太多可能到春天

柏玲：

多么令我紧张
什么让我不安

林安邦：

世界正在从头换
梦想呈现到春天

曾先生：

几千年来夜如磐
一百年来多苦难
春风报信出新天
千年百年一齐翻

合唱：

还有多少艰难
还有多少不安
我们准备好了心欢
因为相信春天
我们准备好了向前
因为相信春天
还有多少艰难
还有多少不安
还有多少故事的倒春寒

《春雷》

林安邦：

春雷一声 天地回响
云飞涛惊 排空的巨浪
一切反动的势力
给他们末日的凄凉

春雷一声 霹雳电光
被压迫者反抗的力量
欺压中华的列强
让他们颤抖和惊慌
人民的军队势不可挡
百万雄师过长江
红色箭头
直指敌人的心脏

春雷一声 天地回响
要摧毁一切污泥堤防

滚滚长江 滔滔巨浪
要把旧世界彻底涤荡
百万雄师过大江
人民军队势不可挡
欺压中华的列强
要让他们颤抖和惊慌
天就要亮
这是人民的解放

《哝哝哝》

合唱：

哝哝哝耳语耳语
叽叽叽声低声低
传来什么新消息
呵呵呵什么什么
吼吼吼真的真的
我可什么也没说

嘿嘿嘿　校园里面藏是非
喜欢欢喜谁和谁
去去去　无聊八卦男和女
何不看看大时局

谢麦伦：

读书读书 学习学习
高中最后一学期
读书读书 学习学习
大学考试倒时计
哦　藏不住的那些光和热

合唱：

我们心中充满饥渴
春雷响过春风来过
春天把我惹
我们等待那个时刻
那个时刻就要来了
那是什么样的新生活
新的时代需要我

心情飞澎湃当歌
大好光阴莫蹉跎

哈哈哈 人人心中有鲜花
哈哈哈 相视一笑你我他
咕咕咕 校园里面有秘密
叽叽叽 当心有人去告密

《春夜》
林安邦：
星辰在夜空闪亮
云朵在夜空徜徉
一阵风吹来夜的清凉
春夜有许多暖意在荡漾

迷迷蒙蒙的街道楼房
春夜的城
有一些不熄的灯光
你是否梦想飞翔

春夜的梦想
朝阳里的梦想
我可爱的那些鸽子啊
你是不是已经在梦乡
听得见那咕咕响
你是否梦想飞翔

《新的生命》
郑扬帆：
新的生命这样突然
改变了人生
仿佛历经寒冬
忽如一夜吹春风
我不再迷茫
不会再懵懂
我知道这一切不是虚空
陈新新：
纯正的情 正义的心

我们还年轻
发现世界真相
因为睁大了眼睛
爱的是国家
爱的是人民
不会变是初心更分明
郑扬帆：
封建的压迫 资本的欺凌
帝国主义 蚕食鲸吞
黑压压的三座巨峰
陈新新：
这就是我们最后的斗争
阻挡不了 前进春风
彻底掀翻黑暗的山峰
合唱：
独立自由的康庄光明
我只盼望着那一天
一切都会改变
憧憬的画面会千百倍实现
我只盼望着那一天
富强的中国把一切改变
画的每一幅崭新的上海
千百倍地实现
陈新新：
欢呼吧 春天的精神
热爱吧 全新的生命
用画笔描绘心中的歌声
描绘伟大的新生

《初心》
陈新新：
世上最宝贵是初心
最容易受伤的是真心
郑扬帆：
世上最难懂的是人心
什么是假 什么是真
陈新新、郑扬帆：
总会有一些迷雾浮云

但是你会看见不改的初心
郑扬帆：
有没有真正的答案
值得我苦苦追寻
柏玲：
有谁知道我的伤心
仿佛心上扎了千根针
戴维：
什么是我的初心
耶和华不能阻止我
继续追寻
郑扬帆：
谁能够明了我的心
你应该明白我的真情
陈新新：
如果有一分可能
我都会向你说清
林安邦、陈新新：
不管有多么真相不明
我永远会选择相信
陈新新、柏玲：
只盼春风吹散迷雾浮云
那时候你一定看见
我不改的初心
郑、林、戴：
只盼春风吹散迷雾浮云
那时候你一定会看见
我那颗不改的初心
合唱：
只盼春风吹散迷雾浮云
那时候你一定会看见
我那颗不改的初心

《吃惊》
柏父：
奇怪奇怪 吃惊吃惊
不解不解 震惊震惊
谢麦伦：

都是因为他们年轻
奇怪不解 吃惊震惊

柏父、谢麦伦：
什么是出乎意外
什么是情理之中
世界正在大翻转
还有什么会发生

柏父：
奇怪奇怪 吃惊吃惊
不解不解 震惊震惊

谢麦伦：
都是因为你太年轻
奇怪不解 吃惊震惊

柏父、谢麦伦：
世界让我们睁大了眼睛
睁大了眼睛
世界还是分不清
奇怪奇怪 吃惊吃惊

《黎明》
合唱：
枪声响个不停
子弹飞似流星
反动派还在顽抗
黑暗阻挡光明
一阵又一阵枪声
黑夜还没有过尽
反动派还在顽抗
黑暗阻挡光明

英勇的人民解放军
为了保护这座城
让它完整还给人民
付出多少隐忍牺牲

奋勇前进
奋勇前行
太阳就要东升

枪声终于歇停

黑暗阻挡不了光明
人民做出了选择
上海获得了新生

《十七岁》
四重唱：
十七岁的心情天上飞
十七岁的梦里都是谁
十七岁的春天满芳菲
十七岁的青春无怨悔
我们好好地走过了春天
我们没有辜负青春华年
初夏的热风已经来扑面
盛开了理想热烈的情感
十七岁的心情上飞天
十七岁的梦里花烂漫
十七年不够 要加上七十年
青春的初心 爱你百年千年
十七年不够 要加上七十年
青春的初心 爱你百年千年

《白玉兰》
男声独唱：
世上有棵玉兰树
经历春秋千百度
人间有朵玉兰花
汇聚日月最精华

玉树临风风亭亭
玉兰逢春欣欣萌
看他玉树挺立见精神
看她玉兰花开欢喜人

为有风姿高万世
为有花香万世春
天上的云来过

海上的风来过
唯有那玉兰花洁白
人间挚爱永在

《初心辉映》
合唱：
七十年前年轻的身影
鲜花一般美好的心灵
七十年前的奋斗牺牲
火一样青春的豪情

七十年穿越时空的风
回荡着感人的歌声
歌唱不朽的青春
歌唱伟大的斗争

江山如画 信史如虹
曾经的初心
与今天的辉煌交相辉映
那些曾经 七十历经
把新中国翻天覆地的
变化见证
如歌岁月 精神永恒
春光正好 春潮方兴

如歌岁月 精神永恒
歌唱伟大民族复兴
歌唱时代新的征程

七十年前年轻的身影
鲜花一般美好的心灵
七十年前的奋斗牺牲
火一样青春的豪情
七十年穿越时空的风
回荡着感人的歌声
歌唱不朽的青春
歌唱伟大的斗争

原著文学剧本

第一幕 春 节

"几千年以来的封建压迫，一百年以来的帝国主义压迫，将在我们的奋斗中彻底地推翻掉。一九四九年是极其重要的一年，我们应当加紧努力。"

——摘自毛泽东 1949 年新年献词《将革命进行到底》

（枪声般的爆竹声炸响，穿天焰火如航弹般啸鸣于其间。前奏音乐起，从西乐圣诞新年风格转入中国年庆曲调，配器夹用民乐，转入曲一《春之歌》）

曲一 《春之歌》序曲
（合唱，女声领唱）

寒冬已经到尽头，
春风已经在路上。
爆竹声中旧岁除，
唤醒了新的希望。

怕什么长夜沉沉，
朝阳已经在路上。
新的希望在敲门，
敞开胸怀迎接曙光。

听钟声，已经在敲响，
大幕正徐徐地开张，
一片春光
闪耀青春的光芒。

睁开眼，用心来端详，
这是一个春天故事，
慢慢讲，
热血流淌……

（纱幕起，舞美灯光配合进入第一场景，多伦路老洋房群，郑宅客厅。
用福禄寿三星、春之女神、老上海民国月份牌仕女形象、广告海报式男子造型、传统年画人物妆扮众舞者，舞蹈配合歌曲烘托氛围，群口轮唱。

舞蹈设计剧中角色人物出场，相互贺年的情境，有伴舞。唯独郑扬帆在一旁安静作画，柏玲款款走近一旁观看，陈设画作为 20 世纪 40 年代上海城市景观）

曲二　《这年头》
（合唱、轮唱）

群合：
这年头，还过什么年，
这年头，死活也过年。

戴维：
这年头，炮仗像打仗，
过年心更慌。
乒乒乓，乒乓炮仗响，
来年会怎样。

柏玲：
这年头，跳楼的跳楼，
逃荒的逃荒。
金圆券，废纸一张张，
崩溃向灭亡。

群合：
这年头，还过什么年，
这年头，死活也过年。

柏父：
这年头，赶紧变卖资产，
跑路香港台湾。

群合：
今年不知何年，
明年又往何处。

郑扬帆：
我知道身在何处，
辞旧迎新转身处，
世界将展开美好的蓝图。

柏玲：

一切苦难终将翻篇，

一张白纸是新年，

你能画出上海的明天。

戴维：

哈德逊河不是苏州河湾，

曼哈顿搬不到上海滩。

谢麦伦：

我要重返美利坚，

让我们寻找归宿彼岸。

群合：

迷茫多愁，这路要怎么走？

怎么走，许多愁，

这年头。

郑将军：

日暮途穷，穷途末路，

共党要来坐天下，

中国没有前途。

谢麦伦、戴维（合）：

中国没有前途，

年轻人没有出路。

日暮途穷，穷途末路。

群合：

这年头，还过什么年，

这年头，死活也过年。

这年头，一切都是未知数，

寻找出路。

这年头，一切但愿会变好，

怎么会好？

（变调的音乐：新年好呀，祝福大家新年好）

曲三 《时局》
（合唱、轮唱）

郑将军：
时局如此不堪，
扬帆小儿还在做梦桃花源，
军令不容流连，
明天就要离开上海滩，
拜托谢麦伦校长
把犬子照看。

谢麦伦：
这几位学生都是优秀青年，
个中才俊最是郑扬帆。
将门虎子学业超凡，
能写擅画非比一般。
（念白）只可惜……
（转唱）倒是我养子戴维，
对时局有些正确的观念。

戴维：
敬一声年伯郑将军，
如今校园里学潮汹涌。
一定有异党分子暗中鼓动，
愚侄我也会多多关心扬帆兄。

柏父：过年过年！乐呵乐呵！我这就回隔壁准备牌桌，预备好茶，过年过年，咱们玩几圈麻将。

谢麦伦：Very good！中国最让我喜欢的就是麻将。

郑将军：好好！我随后就来！

柏父：柏玲，你妈妈等我们打牌，你早点回去。

（柏父下。郑扬帆始终神情冷漠，专注于执笔作画，柏玲在旁深情相伴，戴维也凑前观看，并有觊觎柏玲之意）

曲四 《心动》
（女声独唱）

柏玲：
他专注的神情，
多么令我心动。

他的一笔一画，
都触碰到我心中。

都是怎样一种画面，
在他心中？
不管画出这世界多少不同，
我就想要你只画
我的颜容。
什么样的我在你心中，
过花丛一枝掠过风。
是否蓦然间一瞥惊飞鸿，
前世缘今生逢。

不知何时忽然有梦，
他悄悄走进我梦中。
爱情有多么神奇和朦胧，
我真的还不懂。

他悄悄走进我梦中。
爱情有多么神奇和蒙眬，
我真的还不懂。

只有爱情让我心动，
幸福会心痛。
无法抗拒你，
只能心相从。
啊，爱情让我心动，
梦里已相拥。
忘记世界，只想有你，
只会为你心动。

（陈新新、林安邦上，向谢麦伦、郑父贺年。年轻人互相喊着名字，欢快招呼。郑起身与林拍肩拥抱。柏玲多心地看着陈新新）

郑将军：你们年轻人玩吧，柏玲，前面引路，我们去你家打牌。
（郑、谢、柏下。伴奏音乐转欢快）

林：扬帆，隔壁班上陈新新，认识吧？听说你画得好，今天一定要跟我来看看你画画。
陈：是啊，郑同学，听说你画了好多未来新中国建设的图景，一定要见识见识呢，也向你拜个年。
林：来，我们看看，扬帆，你给我们讲讲。

曲五 《黄浦江畔》

（男高音独唱）

郑扬帆：
我生在黄浦江畔，
妈妈告诉我那一天
炮声隆隆红旗卷，
一·二八奋起抗战。
童年的我最爱画汽车轮船，
妈妈告诉我黄浦江上
是鬼子们的军舰。
五岁我就失去了妈妈，
八一三，鬼子的炸弹。

如今我站在黄浦江畔，
浩荡江水接长天。
东望绿野荒草的对岸，
回看列强威风的外滩。
江上一艘艘他们的炮舰，
我爱的航船何曾出海扬帆。
政治的纷纷扰扰谁人能懂，
党派的主张与我无关。
我只要外国军舰的黑烟
消失在我眼前。
我只盼望着那么一天，
富强的中国把一切改变。
我画的每一幅崭新上海，
都百倍千倍地实现。

（曾先生上）

曾：哈哈，扬帆扬帆，老师来也！
郑：啊？曾先生！曾先生新年好！ 这位是我的绘画老师。这些都是我的同学。
曾：哈哈，扬帆，你猜我来干什么？
郑：猜不到啊，老师。
曾：我刚刚想到一件大事！你画了这么多未来中国的建设，你这个小少爷跟不上时代，我可不管你爸爸是什么人，我得说，天下不姓蒋，你呀，你的画还少了一个最大最大的画面，一面红旗……

（戴维盯着曾，打断道）

戴维：老先生，这些话可说不得哦。

（突然二踢脚高升爆竹声，灯暗，画外音尖声喊叫）

柏父：我的金条！我的美钞呐！琴盒！琴盒！谁拿了我的金条啊！

（伴奏音乐和音效起，紧张激烈。灯光聚焦，柏玲匆匆上，将手中提琴盒交给郑扬帆）

柏：快帮我藏起来！

郑：什么？

柏：先别问！

郑：好，去地下室，我的画室。

（幕落）

第二幕　春　游

（幕启。外白渡桥，有轨电车当当驶过声，往来商贩和市民。

柏父手扶桥栏杆失魂落魄、踉踉跄跄，踽踽独行下。郑扬帆身背画板，同柏玲上，步履欢快，旋身舞蹈姿态，嬉笑互动，轮唱曲六）

曲六　《摇啊摇》
（沪语、童谣风格音乐）

摇啊摇，摇啊摇，
一摇摇到外婆桥。
外婆叫我好宝宝，
我叫外婆大宝宝。

宕啊宕，宕啊宕，
侬宕船咪我白相。
虬龙泾，虹口港，
一宕宕到黄浦江。

黄浦江咪吴淞江，
白渡桥啷电车响。
当啷当，辫子长，

碰翻一车棉花糖。

（舞台装置调度转换，外白渡桥渐退舞台后区，与多媒体融合作为远景。郑、柏行远，戴维追赶：等等我，等等我。

往来市民各色人等，动感音乐、欢快节奏、爵士风格、Rap 唱法曲七）

曲七 《大上海》

（轮唱、合唱）

匆匆脚步熙熙攘攘，
车水马龙来来往往。
怀揣着梦想，
奔向新的希望。

海边有个小渔村，
如今偌大上海城。
战国时代春申君，
多少春秋又名申。
春申公子名黄歇，
太湖东望黄歇浦。
捕鱼栅栏就叫沪，
上海别名又叫沪。
黄浦江边下海庙，
问你知道不知道。
下海出洋沧桑潮，
海上明月上海照。

匆匆脚步熙熙攘攘，
车水马龙来来往往。
怀揣着梦想，
奔向新的希望。

文明源头很久远，
灿烂何止五千年。
松江又名云间府，
上海建城八百年。
海东邹鲁兴文教，
多少先贤足称道。

百业兴隆老城厢，
多少发明和创造。
一曲犹唱江南好，
百年新风东西潮。
远东第一大都会，
现代中国春来报。

匆匆脚步熙熙攘攘，
车水马龙来来往往。
怀揣着梦想，
奔向新的希望。

这里的夜空霓虹光，
这里的白天都匆忙。
这里的生活很时尚，
这里的世界也荒唐。
是谁的十里洋场，
华人与狗也一样。
是谁的冒险天堂，
人民创造了辉煌。

宁波人叫阿拉，
苏州话叫吾伲。
五洲八方汇聚齐，
钟灵毓秀于一地。
这里的市民有思想，
这里的工人有力量。
于无声处听惊雷，
东方红来迎曙光。

今天又是物价飞涨，
废纸钞票一箩筐。
街上又多难民逃荒，
青天白日好凄凉。
快快快，走走走。
呜呜呜，当当当。
匆匆脚步熙熙攘攘，
车水马龙来来往往。

怀揣着梦想，
奔向新的希望。

（场景虚拟虹口港小泾，舞美参考今溧阳路沿河风光，有驳岸石阶，场景再渐变至苏州河，有外白渡桥远景。舞台上小画舫游船。

林安邦立船头等候，车铃声响，陈新新乘黄包车至，携一布包袱，登船）

陈：安邦，等得心焦么？
林：还好啊，你来了就好。
郑：我让你找合适的箱子带了么？

（林取出提琴盒打开）

林：怎么样？我让郑扬帆把琴盒借我一用，你看，这个装传单多安全。
陈：对，你进百乐门舞厅时拿这个也像样子。

（陈将包袱中的传单一分为二，一部分放在琴盒中）

陈（压低声音）：1949年新年献词，毛主席写的，《将革命进行到底》。
林（抑制不住兴奋）：解放军就要打过长江，上海很快就会解放了。

（陈扎起包袱，林放置琴盒。两人并坐在船上。林侧脸凝视陈，陈有所察，面露羞怯，起身走向船头）

陈：约好了的春游是几点钟？
林：我特意约他们晚一会儿才来呢。
陈：那么我们的船先转一转吧。

（林摇桨。多媒体背景舒缓变化，有镜头感）

曲八　《春水船》
（男女声二重唱）

娉婷的芦苇，清泠的春水。
如烟的晨雾，静静的春树。
一对对雀鸟，一片片春草。
含苞的枝芽，待放的春花。
等一等，她就会来，
一个真正的春天。

高低的屋檐，斑驳的春岸。

半掩的晴窗，乍现的春光。

一座座连楼，一丝丝春愁。

袅袅的炊烟，小小的春船。

等一等，她就会来，

一个真正的春天。

春水、春山，全都画满了你，

春愁、春梦，是因为有了你，

等真正的春天来，

我是春岸，你是春船。

等真正的春天来，

你是春光，我是晴窗。

（岸上郑扬帆、柏玲欢快地招呼，相互帮扶登船。戴维尾随而至，招手呼叫）

陈：他怎么也来了。

林：他总是跟着郑扬帆和柏玲。

（相互招呼，登船。柏见林座下琴盒一惊，喊了一声"扬帆"，郑摆摆手。戴敏感留意，上船后也坐在了琴盒上方的座椅上，林、陈略显焦虑）

戴：谁的好主意啊，星期天泛舟春游。

（众人无语，各怀心事）

戴：太好了太好了，春江水暖鸭先知。

戴：咦？什么鸭？鸭子，怎么能够入诗？莫非是像水鸭子的鸳鸯吧。春江水暖鸳鸯知，哈哈哈！

（众人尬笑）

戴：来来来，我来猜鸳鸯，猜猜猜。

柏：去去去，你这人就是讨嫌。

戴：我说的是猜谜语的猜，不是拆开掰开的拆，哈哈哈，（转戏曲腔）猜呀么猜鸳鸯……

（群众口号声歌声渐起渐近，船上众人欠身观听。

外白渡桥和桥头驳岸上，奔走而过的游行队伍，合唱曲九《团结就是力量》。郑抄起画板，侧脸向河面）

郑：我对这些纷纷扰扰，实在感到烦恼。

林：不，人民已经忍无可忍，你这书生可不要充耳不闻。走，你跟我去看看。

（林抓起小布包袱挎在肩上，拉起郑，从船舷跳上了泊岸石阶）

柏：小心，扬帆。

（舞台装置再度调度，以游行群众为中景，从乐曲《团结就是力量》变奏到《没有共产党就没有新中国》音乐背景，快节奏变奏曲。灯光快闪跃动处理，其间，林抛撒传单）

戴：哎呀，如今，"没有国民党就没有中国"这句词儿，都已经被悄悄地改成了"没有共产党就没有新中国"了，人心变了。

（忽然间，警笛呼啸，枪声大作，舞台远景人群骚动，惊叫哭喊声起。

灯光聚焦，林奔跑在外白渡桥上，从栏杆处一跃而下桥头。郑随其后，跳下跌倒，发出痛苦呻吟。情绪音乐，柏、陈的惊呼。

幕落）

第三幕　春　寒

（幕启。一侧是暗景多伦路郑宅，一侧是路边街灯下。追光，林安邦、陈新新面对面站立。陈轻轻啜泣，音乐悠深哀婉）

陈：反动派向着游行队伍开枪，打死打伤了十几个队伍前面的工人和市民，其中也有我哥哥。

林：啊？你哥哥也在里面？

（林、陈情不自禁相拥，音乐转曲十）

曲十　《心中的痛》
（女声独唱）

泪水冲不尽
心中的痛。
无尽的悲伤
潮水般奔涌。

在耳边，在眼前。

往日的音容，
突如其来的变动。
多么希望只是
一场噩梦。
那些欢乐的时光，
已经隔着死生，
一重重。
那些深深的遗憾，
已经扎进心中，
留下痛。

林：你别哭坏了身体。

陈：嗯，革命总会有牺牲，这些年血流的还少吗？

林：你哥哥，我很崇拜，我心里也难过。

陈：军警搜查了我家。

林：他们还会盯梢。

陈：嗯，不能回家了，学校我也不去了。

林：暂时得躲一躲躲。郑扬帆家应该比较安全。我送你去。

陈：这合适么？

林：目前也只有这个办法了。

（林扶陈下。

郑宅，伴奏音乐中舞台装置缓缓移动显示独栋洋房内景，呈现本幕主场景郑扬帆卧室。郑倚靠床头，左腿缠石膏绷带微吊起。

保姆引柏玲上，轻叩门："少爷，柏小姐来看你了。"

柏进，缓缓坐于床边）

柏：疼么？

郑：不疼了？看，没事了。

（郑身体一动又忍不住低声呻吟一声）

柏：摔成这样，知道我有多担心么？

郑：知道。没事的，医生说会好的，哈哈哈，可惜我只能躺在这儿了。

柏：那我看住你，省得让别人勾了魂到处跑。哼！

郑：哦，对了，柏玲，你别误会。

柏：什么？

郑：琴盒是我借给林安邦的，是空的。琴盒里的那些，我都藏好了，在地下室我的画室。

柏：哦哦，是这样。

郑：你要是不放心，要不要去看看，就在油画架后面。

柏：嗯，你放好了就好，不用看。

郑：你把你爸爸这些财产都藏起来，就不怕他急疯了？

柏：我不愿意他一走了之。如果爸妈去了海外，也会强迫我走。我只想……

曲十一　《在你身边》
（女声独唱）

柏玲：

静静地在你身边，

你的呼吸我能听见。

静静地在你身边，

你的心跳我能想见。

你知道我多么羞怯，

我不敢望着你的脸。

你知道我多么羞怯，

我不敢对视你的眼。

你的一切一切，

我都想看了又看。

你的一切一切，

我都看见，不用眼。

只愿世界永远不要改变，

让它远远地等着，

静静地将我们围绕在中间。

不管世界将会如何改变，

让它远远地走开，

只留下你我永恒的时间。

郑：柏玲，我给你看样东西。

柏：《将革命进行到底》，传单？！（惊声道）

郑：我念你听听，中华民族来一个大翻身，由半殖民地变为真正的独立国，使中国人民来一个大解放，将自己头上的封建的压迫和官僚资本的压迫一起掀掉，并由此造成统一的民主的和平局面，造成由农业国变为工业国的先决条件，造成由人剥削人的社会向着社会主义社会发展的可能性。

柏：我听不太懂。你快收起来，或者快点烧了吧。

郑：我再看看。

柏：可别让你爸爸看见。

郑：不会的。

柏：扬帆，我担心你，你别和你那好朋友林安邦多来往了，还有那个大美女陈新新。好吗？

郑：……

柏：我不希望你有危险。

（曾先生已上，调皮地在门外探听了片刻。敲门，推门而入）

曾：老师要闯进来啦！还以为你们在说什么悄悄话，我都不敢进来。看看我们老人家多识相。

（柏迅速站起离开床边）

郑：曾先生好！您开玩笑了。

曾：我都听到了，哈哈哈。前面你们在说什么？快拿来，我也看看。

（曾接过郑手中的传单，念念有词：几千年以来的封建压迫，一百年以来的帝国主义压迫，将在我们的奋斗中彻底地推翻掉。

戴维引谢麦伦校长上，急入）

戴：扬帆，谢麦伦校长来看你了。

谢：Dear Zheng，my dear son！

（曲中，林、陈上，加入。柏不安。转曲十二）

曲十二　《倒春寒》

（轮唱、合唱）

谢：多么令我紧张，多么令我不安。这个天气多变幻，多少故事倒春寒。

郑：多么令我兴奋，多么令我心欢。世界正在从头换，太多可能到春天。

曾：几千年来夜如磐，一百年来多苦难。春风报信出新天，千年百年一齐翻。

合：还有多少艰难，还有多少不安？我们准备好了心欢，因为相信春天。我们准备好了向前，因为相信春天。还有多少艰难，还有多少不安？还有多少故事的倒春寒，还有多少故事的倒春寒。

（幕落）

第四幕 春 雷

（舞曲声中幕启，舞台装置与舞美配合，一侧依仿百乐门舞厅，舞池中各色男女翩翩起舞，其中有失意的柏父。

高处黑暗中追光林安邦，携提琴盒。舞曲变奏，舞池中人暗去。林唱曲十三）

曲十三 《春雷》

（男高音独唱）

春雷一声，天地回响。

云飞涛惊，排空的巨浪。

百万雄师过大江，

人民的军队势不可挡。

红色的箭头，直指敌人的心脏。

一切反动的势力，

给他们末日的凄凉。

欺压中华的列强，

让他们颤抖和惊慌。

百万雄师过大江，

人民的军队势不可挡。

滚滚长江，滔滔巨浪，

要摧毁一切污泥堤防。

把旧世界彻底涤荡，

天就要亮，这是人民的解放。

（林从提琴盒中取出传单，向舞池方向抛洒，众人惊呼，音效配合。柏父望见林。

特务朝天鸣枪，伴声"什么人！抓住他！追！"在一片混乱尖叫声中，林隐入灯光外暗处。

舞台装置变换，一侧先亮，舞美为教会中学校舍、课堂，远景操场及设施。引导音乐呈教会风格，元素有管风琴、钟声、课铃。

已换学生装的舞蹈演员陆续上。柏玲、戴维在其中，曲十四起）

曲十四 《呫呫呫》

（男女声分组轮唱、群唱）

群唱：

呫呫呫，耳语耳语，

叽叽叽，声低声低，

传来什么新消息？

呵呵呵，什么什么，

吼吼吼，真的真的，

我可什么也没说！

郑扬帆（念白）：这是什么？

柏玲（念白）：我也不知道，现在满大街都是。

群唱：

嘿嘿嘿，校园里面藏是非，

喜欢欢喜谁和谁。

林安邦，柏玲，郑扬帆：

去去去，无聊八卦男和女，

何不看看大时局。

谢麦伦（念白）：你们在干什么！

群唱：

读书读书，学习学习，

高中最后一学期。

读书读书，学习学习，

大学考试倒时计。

（角色与群众合唱）

啊噢哦，

藏不住的那些光和热，

我们心中充满饥渴，

应该如何？

春雷响过，春风来过，

春天把我惹。

我们等待那个时刻，
那个时刻就要来嘞。

那是什么样的新生活，
新的时代需要我。
心情飞，澎湃当歌，
大好光阴莫蹉跎。

哈哈哈，人人心中有鲜花，
哈哈哈，相视一笑你我他。
咕咕咕，校园里面有秘密，
叽叽叽，当心有人去告密。

（汽车刹车声，警笛声大作，纷乱杂沓的脚步声，反动军警人等上）

军警：搜查搜查！
特务：有人私通匪谍，私藏共匪传单。
军警：把乱党分子抓起来！

（戴维悄悄地隐向暗处，追光戴维打电话。纷乱的场面，紧张的音乐。谢麦伦校长上，戴维并步紧随其后。）

谢：无法无天！谁给你们胆子敢进到我的学校搜查？
众学生：特务滚出去！
（此起彼伏的呐喊声中，军警特务悻悻而退。

灯暗，舞台设备推转，灯光半明处显示为多伦路屋舍房顶，露台上有硕大的鸽子棚，还有鸽子的咕咕声，背景为星空月牙。曲十五《春夜》起。追光林安邦蹑手蹑脚拾阶而上，直到屋顶鸽子棚旁，脱下外衣包好琴盒，放置在鸽棚内）

曲十五 《春夜》
（男声合唱）

林安邦领唱：
星辰在夜空闪亮，
云朵在夜空徜徉。
一阵风送来夜的清凉，
春夜已经有许多暖意在荡漾。

迷迷蒙蒙的街道楼房，

春夜的城有一些不熄的灯光。

我可爱的鸽子啊，

是不是已在梦乡。

听得见咕咕的鸣响，

你是否梦想飞翔。

春夜里的梦想，

朝阳里的飞翔。

（幕落）

第五幕　春　澜

（幕启，多伦路郑宅及毗邻房舍、含上一幕带鸽棚的房屋，灯光主景郑宅客厅，陈新新坐在沙发上削苹果。保姆进）

陈：谢谢阿姨了，这几天我在这里添麻烦了。

保姆：哎呀陈小姐，您客气了呀。

（陈端起削好的苹果盘，起身走向地下画室门口。保姆探头探脑，侧下。

舞台装置运行升降，逐渐显示升起的画室内景，巨幅画板侧背朝向观众席。郑扬帆挂拐站立画板前，一手持油画笔。陈新新一步一步沿台阶走下，郑扬帆欢快地招呼）

郑：新新，快来快来。

（陈走向画板，看后发出赞叹）

郑：新新，知道我心里对你有多么感激吗？你和我说的话，给我讲的道理，让我像获得了新的生命！

曲十六　《新的生命》
（男高音独唱）

新的生命就这样突然改变了人生，

仿佛历经寒冬忽如一夜吹来春风。

我不会再迷茫懵懂，

我知道这一切不是虚空。
封建的压迫，资本的欺凌，
帝国主义的蚕食鲸吞。
那黑压压的三座巨峰，
阻挡不了前进的春风。
彻底掀翻这三座黑暗山峰，
这是我们最后的斗争。
一个千年农业国，
一座百年殖民城，
从此拥有了工业化的前提前景，
从此走向了独立自由的康庄光明。
欢呼吧，春天的精神！
我要用画笔描绘心中的歌声。
热爱吧，全新的生命！
我要用画笔描绘伟大的新生。

（柏玲上，见客厅刀盘果皮心生疑惑。戴维随上，二人呼喊郑扬帆。

郑应声，急忙翻下布幔遮挡画幅，柏玲探至画室门口，郑拄拐杖走向阶梯，手中仍持油画笔数支。陈关切地紧随其后护持换扶登梯。柏玲惊讶发现郑扬帆身后的陈新新）

柏：你们这是……？
陈：哦，扬帆同学在给我画肖像。
柏：哟，你请大美人当模特嘛！那可得画得美美的。让我也欣赏欣赏吧。

（柏仍欲进画室查看。郑费力踏上一层阶梯用身体和拐杖有意阻挡，柏神情不悦。林上，见状呆立）

柏：郑扬帆，你不是说，我拜托你保管的东西在地下室吗？我要去看看。
郑：不在那里了，等一下我和你说。
柏：哦，那就算了。戴维，咱们告辞吧。

（戴拦住欲走的柏，引她在一边低声劝慰。郑抬臂轻推开陈的挽扶，招呼林。林不作声。乐起）

曲十七 《初心》
（男女声分组轮唱、群唱）

陈：
世上最宝贵的是初心，

最容易受伤的是真心。

林：
世上最难懂的是人心，
什么是假，什么是真？

陈：
总会有一些迷雾浮云，
但是你会看见不改的初心。

林：
有没有真正的答案，
值得我们苦苦追寻。

柏：
有谁知道我的伤心，
仿佛心上千根针。

戴：
什么是我的初心，
耶和华不能阻止我继续追寻。

郑、陈：
谁能明了我的心，
你该明白我的心。

陈：
如果有一分可能，
我都会向你说清。

林：
不管有多少真相不明，
我永远会选择相信。

陈：
盼只盼春风吹散迷雾浮云，
那时候你一定会看见我不改的初心。

合（重复）：

盼只盼春风吹散迷雾浮云，

那时候你一定会看见我不改的初心。

（保姆引谢麦伦匆匆上）

谢：郑将军，你的父亲，刚刚给我电话，让我尽快用我的汽车把你送到机场。

郑：为什么？

谢：在共产党军队包围上海之前，这是最后的机会，他很不容易为你搞到一个座位。

郑：我不走！

谢：Why？

郑：我不能走！

谢：But you must tell me why！

（郑扭身揽过陈）

郑：我要和我的女朋友在一起！

谢：Oh，my God！

（众人同时发出惊呼声。林、柏等震惊，戴扶住颤栗的柏）

郑：安邦，林兄，请过来，请你把我的油画笔送回画室。

（戴回头侧目，敏锐关注，有所察觉。林神情呆滞地接过画笔，缓缓沿着台阶走进地下室，放下画笔。又伸手撩开遮布，震惊中又更多掀开遮布，看到了油画画面，随即迅速放下罩布并拉紧，遮盖严实）

谢：Sorry，我现在无法祝福了，我感到遗憾！我很快也要离开你们了，戴维，Let's go！

戴：不，嬷嬷，谢校长，我也不走。

谢：这个世界疯狂了！

（谢闷闷而下，与柏父上场几乎撞怀，柏父见林从地下室走出，惊道：是你？！音乐起。曲半时柏父拉起柏玲下）

曲十八 《吃惊》

（小组唱）

奇怪奇怪，吃惊吃惊。

不解不解，震惊震惊。

什么是出乎意外，

什么是情理之中。

世界正在大翻转，

还有什么会发生。

奇怪不解，吃惊震惊，

不是因为你太年轻。

奇怪不解，吃惊震惊，

世界让我们睁大眼睛。

睁大了眼睛，

世界还是不分明。

（吵嚷声先至，曾先生和特务军警数人推推搡搡上）

曾：你们算什么东西？凭什么盘查我？

军警：看你这老东西就不是什么好人！你到这大户人家来干什么？

曾：这里有我学生，我是个画家，怎么样！

军警：胡说！

曾：喏，这是我学生，这边地下是画室，来来，看看吧！开开你们的狗眼！

（军警向地下室张望，正欲探身进入。猝不及防，郑拄拐急移步。戴急步上前挡在画室门口）

戴：你们要干什么？到这里来胡闹！

（戴用手一挥，指向客厅一侧衣架上郑父的少将军服）

戴：这是郑将军的官邸，你们还不快快出去！

（军警迟疑，但仍然上前欲推开戴进入地下画室，此刻，林迅速出拳打向军警，顺势夺下一柄手枪，转身向厅门外跑去，众军警呼喝追赶。

灯光暗下，舞台装置略略移转，追光，林正在邻楼沿楼梯跑向屋顶鸽棚所在的露台，军警追上楼梯。

紧张音乐转向慷慨悲壮风格。

在军警们的震惊中，林慢慢跨上露台栏杆回首怒视转轻蔑冷笑，把手枪扔向军警，转身向后台纵身一跃。军警跟上鸣枪射击。灯暗，多媒体音画效果，音乐推向悲怆高潮。音乐戛然而止。

暗景中，追光到郑扬帆，弃拐杖，一人挺立。独唱曲十九）

曲十九　《白玉兰》

（男高音独唱）

世上有棵玉兰树，
经历春秋千百度。
人间有朵玉兰花，
汇聚日月最精华。

玉树挺立见精神，
玉兰花开暖世人。
为有风姿高万世，
为有花香万世春，
天上的云来过，
海上的风来过。
玉兰花洁白，
人间爱永在。

（幕落）

第六幕　春　光

（幕启。黎明时分。一阵阵的枪声，外白渡桥桥头，苏州河北岸街市。
腿伤已愈的郑扬帆在陈新新、戴维、柏玲和几个同学协助下，用推车推出仍遮盖的巨幅油画）

曲二十　《黎明》

（合唱）

枪声响个不停，
子弹飞似流星。
反动派还在顽抗，
黑暗阻挡光明。
一阵又一阵枪声，
黑夜还没有过尽。
英勇的人民解放军，
为了保护这座城。
让它完整还给人民，

付出多少隐忍牺牲。

奋勇前行奋勇前行，

太阳就要东升。

枪声终于歇停，

黑暗阻挡不了光明。

人民作出了选择，

上海获得了新生。

（远处楼房下，林安邦身着雨衣，招手呼喊"敌人投降了！上海解放啦！"并从远处向舞台前区跑来。

林摘下头上的雨帽，脱下雨衣。众人惊见欢呼，相互拥抱）

郑：安邦，是你！啊？！

陈：我不是在做梦吧！

林：我好好的啊！我像鸽子一样，会飞啊！

戴：你真的没事啊！

林：对啊，一点没摔伤，他们也没抓住我。

陈：以为你牺牲了。

林：不能牵连你们，这些天我躲在市北区。

郑：你怎么从那边来？

林：我去劝敌人放下武器，他们服从了。

柏：你是我们的英雄！

林：哈，原来我们都是同志啦！

陈：你看！

（郑揭开遮布，显现巨幅毛主席画像。学生、市民、群众、解放军、曾先生、柏父、保姆等上，汇聚舞台，拍手欢呼）

群：毛主席！毛主席！

群：人民的领袖！人民的时代！

曾：新中国万岁！

（音乐背景《东方红》。曾拉着郑，柏玲揽着柏父）

曾：上海第一幅毛主席画像，是我的学生画的，光荣！自豪！扬帆你为什么不告诉我。

郑：这是秘密啊！

曾：我也有个秘密哦，我在为新中国设计一面国旗，五星红旗！"五星出东方，利中国"，哈哈，太好了。

群：新中国万岁！

柏：爸爸，你的金条我给你藏起来了。

柏父：啊？！是你？

柏：新中国一定要发展工商业，您留下来正好为新中国建设作贡献嘛。

戴：我的英文好，新中国也有用吧。

（柏玲回头注视郑，两人靠近。另一侧，林陈挨近、相依）

陈：安邦，你考上了交通大学，以后我们就不能常见面了。

林：你去哪里？

陈：我要听从组织安排，也许会跟随解放大军南下。

林：我应该会去参加人民空军，翱翔在祖国的蓝天，去实现强国的梦想。

陈：我的心也会跟你一起飞！

林：可是我……

陈：我们做个约定吧，十年，不，五年。

林：不，三年。

曲二十一　《十七岁》
（女声领唱、女声小合唱伴唱）

陈：

十七岁的心情天上飞，

十七岁的梦里都是谁。

十七岁的春天满芳菲，

十七岁的青春无怨悔。

我们好好地走过了春天，

我们没有辜负青春华年。

初夏的热风已经来扑面，

盛开了理想热烈的情感。

十七岁的心情上飞天，

十七岁的梦里花烂漫。

十七年不够，要加上七十年。

青春的初心，爱你百年千年。

十七年不够，要加上七十年，

青春的初心爱你百年千年。

（舞台装置移动变换，从上海解放的1949年场景加上郑扬帆所描绘向往的新中国、新上海的各项建设展望蓝图，渐变为由多媒体呈现的五星红旗下的当今时代新风貌，浦江两岸现代化的壮美景象。

主角散下，合唱上场，轮唱谢幕，各色群演上，合唱尾声曲二十二）

曲二十二　《初心辉映》

（合唱）

七十年前年轻的身影，
鲜花般美好的心灵。
七十年前的奋斗牺牲，
火一样青春的豪情。
七十年穿越时空的风，
回荡着感人的歌声。
歌唱不朽的青春，
歌唱伟大的斗争。

江山如画，信史如虹，
曾经的初心与今天的辉煌交相辉映。
那些曾经，七十历经，
把新中国翻天覆地的变化见证。
如歌岁月，精神永恒。
春光正好，春潮方兴。
歌唱民族伟大复兴，
歌唱时代新的征程。

（剧终）